D1672687

Die weiße Fürstin

www.elv-verlag.de

Szene

Die Hinterbühne:

Eine fürstliche Villa (gegen Ende des XVI. Jahrhunderts).
Auf offener Loggia von fünf Bogen ein einfaches,
geschlossenes Pilastergeschoss. Davor eine von
Statuen eingefasste Terrasse, von der sich eine Treppe
mit breiten Stufen nach dem Garten niederlässt.
Im Hintergrunde, hinter der Villa: der Park.

Die Mittelbühne:

Der Garten; Lorbeerbüsche, Maulbeerbäume und
in der Mitte, auf die Treppe zu, eine Platanen-Allee.
Vorn links: eine Steinbank mit Kissen und die
Bildsäule einer vielbrüstigen Göttin.

Die Vorderbühne:

Steiniger Strand (mit Landungssteg) und das Meer,
welches von der Seite des Zuschauers her gegen die Szene
wogt, in gleichmäßig landender Bewegung. – Die Villa
spiegelt den Himmel und die Weite des Meeres.

Figuren:

Die weiße Fürstin
Ihre Schwester Monna Lara
Der Haushofmeister Amadeo
Zwei Mönche in schwarzer Maske
Ein Bote

DIE WEIßE FÜRSTIN (*sie lehnt vorn auf der Steinbank. Sie trägt ein weiches, weißes Gewand. In ihren Augen ist Warten und Lauschen*)

(*Pause*)

AMADEO, DER ALTE (*in schwarzer Haustracht, ernst. Er neigt sich tief*) Der Fürst ist fort.

DIE WEIßE FÜRSTIN
(*senkt leise die Stirne*)

(*Pause*)

AMADEO, DER ALTE
Und was gebietet Ihr?

(*Pause*)

DIE WEIßE FÜRSTIN (*in Gedanken*)
Es ist zum ersten Mal, dass uns der Fürst verlässt, nicht wahr?

AMADEO, DER ALTE
Zum ersten Mal seit Eurem Hochzeitsfest.

DIE WEIßE FÜRSTIN
Und das ist lange.

AMADEO, DER ALTE

Es ist das elfte Jahr, seit wir das Tor geschmückt
Euch zum Empfange.

(Pause)

DIE WEIßE FÜRSTIN

Man muss nicht denken, dass das viele sind.
Ich war ein Kind.

AMADEO, DER ALTE

Ich kann mich noch entsinnen;
der Kranz schien viel zu früh für Euer Haupt –

(Er zögert ängstlich)

aber aus Kindern werden Königinnen ...

DIE WEIßE FÜRSTIN

Ja, wenn man ihnen alle Rosen raubt
und alle Mythen
und mit den reifenden Orangenblüten
die Stirn umlaubt,
bis sie die Schatten glaubt, die kalt
vom frühen Brautkranz auf sie niederrinnen:
Dann werden aus den Kindern – Königinnen.

(Pause)

(Sie erhebt sich, lebhafter)

Der Fürst nahm viele Diener in den Wald?

(Rasch)

Send alle fort, mach mir die Säle leer,
dass keiner mir begegne in den Gängen;
denn mir soll sein, als käm ich heute her
zu singen und die Säulen zu umwinden
mit Fruchtgehängen
dichtgefügt und schwer.

AMADEO, DER ALTE

Befehlt, ich werde einen Vorwand finden
und das Gesinde in die Winde streun;
ich aber darf wohl Euern Tag betreun?

DIE WEIßE FÜRSTIN

Nein. Geh auch du. Mir ist, du wolltest längst
nach Pietrasanta, deine Enkel sehn.
Heut soll's geschehn.

AMADEO, DER ALTE

Ihr wisst so gütig meiner zu gedenken ...

DIE WEIßE FÜRSTIN

Ich bin nicht gut. Ich kann dich nur beschenken,
weil du mit gleicher Freiheit mich beschenkst.
Und weil du so an Monna Lara hängst,
so nimm sie mit zu deinen klugen Kleinen.

AMADEO, DER ALTE

Das ist ein Goldenes, das Ihr mir gönnt.

DIE WEIßE FÜRSTIN

Und dann vergesst nicht: Seide nehmt und Leinen
aus meinen Schränken
mit, so viel Ihr könnt.

AMADEO, DER ALTE

Ihr macht uns reich.

DIE WEIßE FÜRSTIN

Könnt ich Euch sorglos machen!
Wer hat denn Zeit – das Leben ist so viel –,
an Not zu denken, an die kleinen Sachen,
da doch in uns die großen Dinge wachen.
Man soll nicht weinen und man soll nicht lachen;
hingleiten soll man wie ein sanfter Nachen
und horchen auf des eignen Kieles Spiel.

(Pause)

Verzeiht, ich rede aus Gedanken. Seht,
die sind in mir so seltsam aufgeschichtet,
so Jahr um Jahr. Wie einer, welcher dichtet,
und einer, der sehr alt ist, das und das
in seinem Innern findet. – Aber geht,
und wenn Ihr wiederkommt, erzählt mir was,
woran ein Kind sich freuen kann. Es steht
Euch Freudiges bevor. Vielleicht auch mir.
Wir wollen aneinander denken.

AMADEO, DER ALTE (*verneigt sich tief*)

(*Er geht durch die Platanen-Allee auf das Haus
zu und quer über die Terrasse*)

(*Pause*)

DIE WEIßE FÜRSTIN (*tritt ganz an den Rand der Küste.
In ihren Augen ist das Meer. Sie hebt langsam die Arme
und hält sie eine Weile weit ausgebreitet*)

(*Pause*)

MONNA LARA (*kommt von der Terrasse her*)

(*Sie trägt ein hängendes Kleid aus verblichenem Blau*)

(*Leise legt sie den Arm um die Fürstin*)

(*Sie schauen beide aufs Meer*)

(*Pause*)

MONNA LARA (*leise*)
Lass mich bei dir.

(*Pause*)

DIE WEIßE FÜRSTIN
Du liebst doch Kinder, nicht?

MONNA LARA
Ich liebe dich.

(*Kleine Pause*)

11

DIE WEIßE FÜRSTIN
Du weißt nicht, wer ich bin.

MONNA LARA (*wendet das Haupt und sieht der
Schwester ins Gesicht*)

DIE WEIßE FÜRSTIN
Du Kind ...

MONNA LARA
Ob wir im Traum
nicht manchmal älter sind?
Da sah ich dich. Da warst du wie ein Baum.
Du standest einsam und so jung von Grün
und warst von einem Abend angeglüht.
Und ich ging hin und kam ganz nah
und sah und sagte laut: Du hast noch nicht geblüht.
Und fragte dich: Wann wirst du blühn?

DIE WEIßE FÜRSTIN (*nimmt ihre beiden Hände. Leise*)
Nun stell dir vor, der Traum ist nicht vorbei.
Sei tief im Traum, du Schlafende. Es sei
dein Traum und meiner. Hast du oft geträumt,
so weißt du auch, wie unberechenbar
der Traum uns trägt. Er wendet sich, er bäumt
sich auf und er ist voll Gefahr.
Er rennt und jagt, dann wieder steht er still
und will nicht weiter; und er zittert so
wie Pferde zittern, wenn von irgendwo
genau derselbe Reiter noch einmal

entgegenkommt, genau dasselbe Tier,
derselbe Herr darauf, verzerrt und fahl –.
So, nicht wahr, ohne Absehn träumen wir.
Du weißt, im Traume kann so vielerlei
geschehn. Und es kann so verwandelt sein.
Wie eine Blume lautlos schläfst du ein,
und du erwachst vielleicht in einem Schrei ...

MONNA LARA

Doch Traum ist Traum. Das kommt und das vergeht.
Und wenn es Morgen ist, so glänzt das Haus
und alle Träume sehen anders aus ...

DIE WEIßE FÜRSTIN

Und sind doch ewig in uns eingewebt.
Bedenk, ist irgend Leben *mehr* erlebt
als deiner Träume Bilder? Und mehr dein?
Du schläfst, allein. Die Türe ist verriegelt.
Nichts kann geschehn. Und doch, von dir gespiegelt,
hängt eine fremde Welt in dich hinein.

(Pause)

So lag ich oft. Und draußen war ein Wandern,
da nahte, da entfernte sich ein Schritt;
mir aber war's der Herzschlag eines andern,
der draußen schlug und den ich drinnen litt.
Ich litt ihn, wie ein Tier den Tod erleidet,
ich konnte keinem sagen, was mir war.
Aber am Morgen kämmten sie mein Haar,
und immer wieder ward ich angekleidet

für einen Tag –; mir schien es für ein Jahr.
Mir war, als ob das ganze Leben stände,
solang ich wachte; alles, was geschah
fiel mir vorbei den Träumen in die Hände –
jetzt aber weiß ich: Es ist dennoch da.
Die Welt ist groß, doch in uns wird sie tief
wie Meeresgrund. Es hat fast nichts zu sagen,
ob einer wachte oder schlief, –
er hat sein ganzes Leben *doch* getragen,
sein Leid wird dennoch *sein,* und es verlief
sein Glück sich nicht. Tief unter schwerer Ruh
geschieht Notwendiges in halbem Lichte,
und endlich kommt, mit strahlendem Gesichte,
sein Schicksal dennoch auf ihn zu.

MONNA LARA

Ich weiß nicht, Schwester, was du sagst. Ich seh
dich nur. Es tut mir alles weh
von dir. Du bist so schwer.
Und doch will ich mehr von dir wissen.
Ich will eine Nacht auf deinem Kissen
schlafen. Ich will am Morgen dein warmes
Haar kämmen – drei Stunden – solang meines Armes
Kraft ist. Ich will dir dienen.

DIE WEIßE FÜRSTIN

Du bist mir nie so erwachsen erschienen.

MONNA LARA

Ich will mit dir weinen –

DIE WEIßE FÜRSTIN

Ich weine nicht. Ich denke an Einen.

MONNA LARA

Denkst du ihn klar?
Ich möchte so gerne an einen denken,
aber ich kann mich in keinen versenken;
jeder zerfließt mir so sonderbar.

DIE WEIßE FÜRSTIN

Ich fühle ihn klarer Jahr um Jahr.
Er hat dich einmal an der Hand gehalten,
(da warst du klein.)
Dir war er Gestalt unter großen Gestalten,
mir war er nicht mein.
Aber in einer Nacht, in der einen,
da ich lange und ungestillt
weinte, da bildete sich sein Bild
aus meinen Händen unter dem Weinen.
Und seither wuchs es in mir heran
wie Knaben wachsen;
und ist ein Mann.

MONNA LARA

Das kann also sein: dass man tief vergisst,
um tief zu gedenken ...

DIE WEIßE FÜRSTIN
Wir sind des Falles
entfernter Dinge dämmernder Schacht –

MONNA LARA
Und meine Tage? Und Nacht um Nacht?
Und ich soll warten? – Gott, wie ist alles
lange und langsam, was Leben ist.

DIE WEIßE FÜRSTIN
Du liebe kleine Schwester, sei nicht bange;
bedenke, das ist alles unser Traum;
da kann das Kurze lang sein, und das Lange
ist ohne Ende. Und die Zeit ist Raum.

(Sie nimmt Monna Laras Haupt in ihre beiden Hände
und küsst ihre Stirne mit langer milder Zärtlichkeit.
Amadeo, der Alte, der seit einer Weile in der Allee gestan-
den hat, kommt vorsichtig näher; er verneigt sich)

AMADEO, DER ALTE
Frau Fürstin –

DIE WEIßE FÜRSTIN
Seid Ihr noch nicht fort?

AMADEO, DER ALTE
Verzeiht.
Zum Aufbruch waren wir bereit,

da kam ein Bote in verstaubtem Kleid
mit einem Brief; jetzt wartet er im Saal.

DIE WEIßE FÜRSTIN
Ich will ihn sehn.

AMADEO, DER ALTE (*verneigt sich*)

DIE WEIßE FÜRSTIN
Und Monna Lara wird ein andres Mal
zu Euren blonden Enkeln Euch begleiten.

MONNA LARA (*zu Amadeo*)
Wir wollen einmal früh hinüberreiten
an einem Sommermorgen, Ihr und ich;
mein alter Freund, heut grüß ich sie vom weiten,
ich bin zu traurig und zu feierlich ...

AMADEO, DER ALTE (*verneigt sich tief. Geht in das Haus*)

MONNA LARA (*nachdenklich lächelnd*)
Zu feierlich für Kinder. Und doch Kind.
Nicht wahr? Was sonst. Etwas verwandelt sich,
etwas fällt ab von mir. Doch es beginnt
noch nicht das Nächste. Meine Hände sind
Zugvögel, die zum ersten Mal das Meer
hinüberfliegen; da ist keine Stelle.
Und sie versuchen, die und jene Welle
zu merken für den Weg der Wiederkehr –

DIE WEIßE FÜRSTIN (*nimmt ihre beiden Hände und betrachtet sie*)

Sie scheinen sich allein; doch fliegen Schwärme
desselben Weges zu den heißen Hügeln;
der Himmel liegt auf Millionen Flügeln.
Und alle kommen in die große Wärme.

(*Indessen ist der Bote schnellen Schrittes in der Allee näher gekommen; da Monna Lara ihn gewahrt, macht sie sich frei und sieht ihm entgegen. Plötzlich, wie in Angst*)

MONNA LARA

Soll ich hineingehn? Bist du gern allein?

DIE WEIßE FÜRSTIN

Nein. Wenn du gehst, so gehst du nur zum Schein.
Denn was bedeutet es, geht Baum nach Baum
an dir vorbei. Das, was du bist, das rührt sich kaum.
Du bist nicht fort, und ich bin nicht allein.

(*Der Bote geht auf die Fürstin zu und reicht ihr einen Brief. Er geht hierauf bis an den Anfang der Allee zurück. Die Fürstin öffnet ihn und reich ihn ohne zu lesen, Monna Lara; sie lächelt*)

DIE WEIßE FÜRSTIN

Ich weiß die Botschaft. Lange. Aber lies.

MONNA LARA (*sie liest aufmerksam, fast angestrengt*)

Und wenn du winkest ... Was bedeutet dies?

DIE WEIßE FÜRSTIN

Dass ich allein bin. Dass ich hier gebiete.
Dass seine Barke landen kann am Strand.
Und dass ich einen, welcher uns verriete,
erwürgen würde: hier, mit dieser Hand.

MONNA LARA *(staunend)*

So soll er kommen, heute, her? Am Parke
hier wird er landen, wirklich, wie ein Gast?

DIE WEIßE FÜRSTIN

Hast du das nicht gewusst?

MONNA LARA

Es war mir fast,
als ginge heute etwas auf uns zu.

              (mit plötzlicher Bewunderung)

Du Liebliche, du Wundersame, Starke.

DIE WEIßE FÜRSTIN *(in Gedanken)*

Er schickt noch einen Brief, das große Kind.
Er muss noch schreiben, dieser liebe Knabe:
›Schau her, ich komme‹ .. Ist mein Blut denn blind?
Und *noch* ein Bote. Hundert Boten habe
ich heute schon empfangen. Duft und Wind,
Gesang und Stille, fernes Wagenrollen,
ein Vogelruf, und du, dein Bleibenwollen –
was war nicht Bote? Wie viel Boten stehn
vor meinem Herzen, – gehn mir im Gehöre

und drängen sich in meinen Adern – ach!
Und er besorgt noch, dass ich ihn verlöre.

MONNA LARA

Ich kann verstehen, dass er tausendfach
sich sichern will. Wenn etwas noch geschähe,
wenn ein Geschick sich wendete und drohte, –
o welche Angst ist diese große Nähe
von Kommendem ...

DIE WEIßE FÜRSTIN

Der Bote.
Er wartet noch, und wir vergessen ihn.

(Sie winkt. Der Bote tritt herzu und verneigt sich)

Ihr sollt Euch stärken, Freund. Die Sonne schien
auf Euren Brief. Der Weg war weit und heiß.
Ihr seid aus Lucca?

DER BOTE

Wie Ihr sagt.

DIE WEIßE FÜRSTIN

Ich weiß.
Wie steht es in der Stadt?

DER BOTE

Erlauchte Frau,
grau ist die Stadt. Wie dieser Staub so grau.
Sie steht, als stünde Frohes nicht bevor.

Sie war ganz ohne Stimme, nur am Tor,
da rauften sich die Wachen, da ich ging,
und schrien mich an und fielen nach mir aus.
Ich dankte Gott, dass ich mich nicht verfing
in dieses Hauen. Heil kam ich heraus –

DIE WEIßE FÜRSTIN (*lässt sich vorn auf der Bank nie-*
der; während des Folgenden hört sie immer weniger auf die
Worte des Boten und versinkt in sich selbst, mit weiten
Augen hinausschauend aufs Meer)
Und wandertet, vermut ich, voller Mut
und heil des Weges? War der Weg denn gut?

DER BOTE
Der Weg war gut, erlauchte Frau. Er bot
zwar wenig Schatten. Aber das war besser
als durch die Dörfer kommen. Wie durch Messer
so ging man durch den Aufschrei ihrer Not.
Da ist der Tod, erlauchte Frau, der Tod.
Ich sah ein Haus, in seiner Türe schrie
ein schwangres Weib und riss sich an den Haaren.
Und viele Frauen, die nicht schwanger waren –
das macht die Angst, so denk ich – schrien wie sie.
Und da und dort ging einer mir vorbei
und griff auf einmal so ins Ungewisse
und biss die Luft, und plötzlich durch die Bisse
des blauen Mundes drängte sich ein Schrei.
Ein Schrei, das sagt man so, wer lässt sich stören?
Ich habe viele Männer schreien hören,
und es kam vor, ich habe selbst geschrien;

doch niemals hört ich einen schrein wie ihn.
Ja, es gibt Dinge, die man nicht vergisst: –
Da war die Angst, die in den Tieren ist,
die Angst von Weibern, wenn sie irre kreißen,
die Angst von kleinen Kindern war darin, –
und das ergriff ihn, und das warf ihn hin,
und das war so, als müsst es ihn zerreißen.

MONNA LARA (*die den Boten starr ansieht, tritt scheu
an die Bank zurück. Sie zwingt sich zu sagen*)
War das in San Terenzo, was Ihr saht?

DER BOTE
Nein, edles Fräulein. In Vezzano war es.
In San Terenzo war es still. Ich trat
in eine Kirche ein und bat
im Lichte eines einzigen Altares
um gute Reise. Ich war ganz allein.
Doch in Sarzana, in der Kathedrale,
da sangen sie. Was sag ich, singen? Nein,
auch das war Schreien: wie mit einem Male
an Siebenhundert und die Orgel schrien.
Sie knieten, Fräulein. Ihre Hälse waren
wie Stängel vom Rhabarber, stimmenstrotzend.
Die Augen waren bei den Männern glotzend,
wie Munde offen, bei den Frauen zu.
Sogar die Kinder hatten keine Ruh:
Wie lange Hälse streckten sie die Arme
und hielten sie wie einen zweiten Mund
aus dem Gedränge, aus dem warmen Schwarme;

erbarme!, brüllten sie, erbarme! Und:
erbarme!, donnerte im Hintergrund
der breite Bischof vor dem Hochaltare
das Tabernakel an, so dass die klare
Monstranz erzitterte und schien, als sende
sie Blicke aus. Sie aber schrien, es war
als zöge Gott sie an dem obern Ende
der langen Stimmen wie an langem Haar.
Und als ich mich zwischen die andern schob,
empfand ich (noch empfind ich's an den Sohlen),
dass sich die ganze Kathedrale hob –
und wieder senkte, wie ein Atemholen. –
Das war ein Wunder. Wunder tun uns not.
Ihr habt das nicht gesehen, wie der Tod
da kommt und geht, ganz wie im eignen Haus;
und ist nicht *unser* Tod, ein fremder, aus …
aus irgendeiner grundverhurten Stadt,
kein Tod von Gott besoldet …

DIE WEIßE FÜRSTIN (*sieht plötzlich auf*)
Tod? Was hat er da gesagt?

MONNA LARA
Ich bitte dich, befiehl ihm, dass er ginge.
Mir graut vor ihm, er redet solche Dinge –

DER BOTE.
Ein fremder Tod, sag ich, den keiner kennt,
er aber ist bekannt mit einem jeden …

DIE WEIßE FÜRSTIN (*sieht Monna Laras Angst*)

Verzeih, ich ließ ihn immer weiter reden,
mir klang's von ferne wie ein Instrument.

(*Sie gewahrt, dass Monna Lara in ihrer Erregung den
Brief, den sie immer noch hielt, ganz zerrissen hat*)

(*Lächelnd*)

Und sieh, mein Brief ...

MONNA LARA *erschrickt*)

DIE WEIßE FÜRSTIN (*ohne Vorwurf*)

So leben deine Hände
für sich allein –

(*Zum Boten*)

Mein guter Freund, es wohnt
im Meierhofe mancher Mann; der stände
Euch besser zu Gehör, dass es sich lohnt.
Hier sind nur Frauen und sind ungewohnt
so ernsthaften Gespräches. Ihr verschont
uns sicher gern, vor allem dieses Kind.

DER BOTE (*tritt zurück und verneigt sich*)

Verzeiht, erlauchte Frau, ich war wie blind,
dass ich nicht sah, wie es dem Fräulein schadet.
Es riss mich mit, wie schon die Worte sind.
Doch wenn Ihr mich zu *einem* noch begnadet,
so lasst mich's sagen.

DIE WEIßE FÜRSTIN

Wenn es mild ist, sprecht.

DER BOTE.

Ihr seid so unbewacht. Das ist nicht recht.
Der Park ist offen wie des Herrgotts Land,
und hier am Strande kann ein jeder gehen.
Da denk ich mir, verzeiht, es kann geschehen,
dass diese Hunde kommen; nah von hier
gehn sie schon um. Da sah ich ihrer vier
raubvogelhaft vor einem Haus gespenstern;
sie warten überall und dauern aus,
und winkt man ihnen furchtsam aus den Fenstern,
so kommen sie und holen aus dem Haus,
was Totes da ist: Kinder, Männer, Frauen, –
sie nehmen alles, ohne Unterschied.
Man sagt, dass sie auch nach den Kranken schauen;
doch *wie* sie schauen? Ja, weiß Gott, man sieht
nicht ihr Gesicht. Es geht ein kaltes Grauen
von ihnen aus. Ich könnte keinem trauen.
Das, was sie tun, mag ja barmherzig sein
und christlich gut: Sie sorgen für die Toten
und tragen sie heraus, so ist's geboten,
was aber tragen sie ins Haus hinein?
Und wenn sie draußen stehn im Feuerschein,
und wenn von ihren hohen Leichenhaufen
aus Rauch und Schauder sich die Flamme hebt,
dann gehn sie in dem Feuer aus und ein.
Es ist, als hätte, wer noch lebt,
die Pflicht, sich von den Brüdern freizukaufen ...

DIE WEIßE FÜRSTIN

Das müsst Ihr tun, mein Freund; das Lösegeld
will ich Euch morgen senden. Bleibt zur Nacht
im Meierhofe, dort seid Ihr bewacht
und könnt geruhig schlafen und der Welt
erhalten bleiben. Geht in Gottes Namen.

DER BOTE

Dank und Vergebung, sehr erlauchte Damen,
für meine lästige Beredsamkeit.
Es tut in dieser wunderlichen Zeit
so gut, zu sprechen von der Dinge Lauf.
Dank, und vergesst nicht, stellet Wachen auf.
Besser ist besser; sie sind wie die Kletten
und hängen sich an einen an und betten
den Scheiterhaufen auf, so dass man denkt,
es bliebe einem selber nicht geschenkt,
darauf zu schlafen.

DIE WEIßE FÜRSTIN

Nun, für diesmal mag
Euch noch ein andres Bette wärmen. So.
Nun, hoff ich, seid Ihr auch getrost und froh,
und schlaft Euch Mut zu einem Heimkehrtag.

DER BOTE (*verneigt sich tief und geht durch die Allee ab*)

MONNA LARA (*die ganz reglos dagestanden hatte,*
bricht plötzlich in Weinen aus. Die Fürstin zieht sie neben
sich auf die Bank, und sie legt ihr weinendes Haupt in den
Arm der Schwester)

DIE WEIßE FÜRSTIN

Mein liebes Kind, bist du erregt? Du musst
nicht bange sein; das ist Geschwätz, geschart
um feige Furcht, geringe Redensart –

MONNA LARA

Ich habe alles dieses nicht gewusst ...
Nun kommt auf einmal alles über mich,
nun bricht es über mich herein, und ich,
ich ahne jetzt erst, dass das Leben droht.
Dass das nicht Leben war, das sanfte Sein,
das sich mir bot, –
wer lebt, ist traurig, hilflos und allein
mit sich, mit Sorge, Angst, Gefahr und Tod.

DIE WEIßE FÜRSTIN

Und wenn er's wäre, meine Freundin, sieh, –
wenn er es ist, wie ich es bin seit Jahren,
glaubst du, die Tage, welche trostlos waren,
dürften mir fehlen in der Melodie
der großen Freude, die ich heute trage?
Sie sagen: Tod, – doch hör, wenn ich es sage:
Tod – ist es dann nicht wie aus anderm Klang?
Nur ausgelöst, vereinzelt macht es bang.
Nimm sie im Ganzen – alle, als das Deine

die vielen Worte, nimm sie in Gebrauch: –
nur wo sie alle bis ins Ungemeine
und Große wachsen, wächst das eine auch.

MONNA LARA

Doch nicht um Worte handelt sichs: Sie sterben.
Sie sterben, viele. Jetzt und jetzt und jetzt.
Sie ringen noch, sie hoffen bis zuletzt;
noch wenn der Tod die Finger angesetzt,
um sie zu würgen, hoffen sie, gehetzt
von ihrer Angst.

> *(Monna Lara sieht ratlos um sich. Es entsteht*
> *eine Stille; die Fürstin schüttelt leise das Haupt)*

MONNA LARA *(horchend)*

Und jetzt!

> *(Sie wirft sich der Fürstin zu Füßen,*
> *flehend mit ringenden Händen)*

O lass uns helfen! Lass uns weiches Linnen
aus deinen Schränken nehmen für die Betten,
und was bereit war für die Wöchnerinnen
an Binden, Hemden, Salben, Amuletten.
Die dichten Tropfen und die leisen Öle,
die Elixiere für das trübe Blut –
o irgendetwas, das in ihrer Höhle
noch niemals war und das ein Wunder tut.
Warum geschieht kein Wunder? Dass ich wüsste,
mit welchem Wort ich *Dich* erreichen kann:
Maria! Warum rührst *Du* sie nicht an?

Wo ist Dein Mund, der *Jesu* Wunden küsste?
Ekelt es Dich? Und willst *Du* nicht geruhn,
ein Wunder an den Stinkenden zu tun, –
so tu's an mir: Gib Milch in meine Brüste,
dass ich sie tränke ...

> *(Monna Lara hat sich kniend zurückgeworfen und*
> *hält mit beiden Händen ihre Brüste hin, als wartete sie,*
> *dass sie sich füllen sollten. So bleibt sie eine Weile,*
> *ihre Spannung steigert sich, bricht ab, und sie*
> *fällt vornüber der Fürstin in den Schoß)*

DIE WEIßE FÜRSTIN (*sie streicht der Knieenden sanft,*
beruhigend über das Haar und spricht, über sie geneigt,
leise, eindringlich)

Wir wollen das Unsrige zu dem Ihren tun. Wir wollen
die Falten in ihren weichen Lagern glätten, so dass
sie es hätten wie die Kinder der Reichen. Wir wollen
ihnen zureden wie Tieren, dass sie sich nicht scheuen,
und selbst alle Scheu verlieren ihretwegen. Ich will
mich zu denen legen, die frieren. Ich will die Stirnen
der Sterbenden halten. Ich will die Alten reinigen,
und ihnen die Bärte über die Decken breiten. Heiter
will ich zu den Kindern hinüberschauen und die
Frauen erleichtern, und ihre blauen Nägel und ihr
Eiter soll mich nicht schrecken. Und ich will für die
Toten sorgen –

> *(Pause)*

MONNA LARA (*hebt das Haupt. Sie ist ganz ruhig, fast nüchtern*)

DIE WEIßE FÜRSTIN (*über sie fortschauend, zögernd*)
Von morgen an wird das mein Tagwerk sein –
und meiner langen Nächte Werk.

MONNA LARA
Von morgen?

DIE WEIßE FÜRSTIN
Von morgen, Schwester. Heute bin ich sein,
des Kommenden.
Wie seiner Väter Erbschaft
ihm zugefallen, reich für ihn allein.
Selbst mein Gemahl hat mich für ihn bewahrt;
mit seiner Wildheit übergroßem Jähzorn,
dem keiner wehren könnte, wenn er tobt,
hielt er in Bann der Andern Wort und Art:
der Edelleute, Dichter und des Herzogs.

(Pause)

So blieb ich Braut. Dem Weitesten verlobt.

(Monna Lara hat sich während der letzten Worte erhoben; sie steht steif und hilflos, fast puppenhaft vor der Fürstin und spricht mit seltsam tonloser Stimme)

MONNA LARA
Und dein Gemahl, der Fürst, lag nie bei dir?

(Pause)

(Die Fürstin aufs Meer hinausblickend)

DIE WEIßE FÜRSTIN
Er lag bei mir.

(Sie erhebt sich; Monna Lara tritt scheu vor ihr zurück)

Wenn abends die Musik
ihn sänftigte, so dass er nichts verlangte,
so bot ich ihm mein Bett. Sein Auge dankte
mir lange. Seine harte Lippe schwieg.
So schlief er ein. Und mir war gar nicht bange.
Nachts saß ich manchmal auf und sah ihn an,
die scharfe Falte zwischen seinen Brauen,
und sah: Jetzt träumte er von andern Frauen
(vielleicht von jener blonden Loredan,
die ihn so liebte) – träumte nicht von mir.
Da war ich frei. Da sah ich stundenlang
fort über ihn durch hohe Fensterbogen:
das Meer, wie Himmel, weit und ohne Wogen,
und etwas Klares, welches langsam sank;
was keiner sieht und sagt: Monduntergang.
Dann kam ein frühes Fischerboot gezogen
im Raum und lautlos wie der Mond. Das Ziehn
von diesen beiden schien mir so verwandt.
Mit einem senkte sich der Himmel näher,
und durch das andre ward die Weite weit.
Und ich war wach und frei und ohne Späher
und eingeweiht in diese Einsamkeit.
Mir war, als ginge dieses von mir aus,

was sich so traumhaft durch den Raum bewegte.
Ich streckte mich, und wenn mein Leib sich regte,
entstand ein Duft und duftete hinaus.
Und wie sich Blumen geben an den Raum,
dass jeder Lufthauch mit Geruch beladen
von ihnen fortgeht, – gab ich mich in Gnaden
meinem Geliebten in den Traum.
Mit diesen Stunden hielt ich ihn.

(Pause)

Es gab
auch andre Stunden, da ich ihn verlor.
Wenn ich drin wachte und *er* stand davor,
vielleicht bereit, die Türe einzudrücken, –
dann war ich Grab: Stein unter meinem Rücken
und selber hart wie eine Steinfigur.
Wenn meine Züge einen Ausdruck hatten,
so war das nur der Ampel Schein und Schatten
auf einer inhaltlosen Meißelspur.
So lag ich, Bild von einer, welche war,
auf meines Lagers breitem Sarkophage,
und die Sekunden gingen: Jahr und Jahr.
Und unter mir und in derselben Lage
lag meine Leiche welk in ihrem Haar.

(Pause)

(Monna Lara tritt zur Fürstin und umfasst sie leise)

Sieh, so ist Tod im Leben. Beides läuft
so durcheinander, wie in einem Teppich
die Fäden laufen; und daraus entsteht

für einen, der vorübergeht, ein Bild.
Wenn jemand stirbt, das nicht allein ist Tod.
Tod ist, wenn einer lebt und es nicht weiß.
Tod ist, wenn einer gar nicht sterben kann.
Vieles ist Tod; man kann es nicht begraben.
In uns ist täglich Sterben und Geburt,
und wir sind rücksichtslos wie die Natur,
die über beidem dauert, trauerlos
und ohne Anteil. Leid und Freude sind
nur Farben für den Fremden, der uns schaut.
Darum bedeutet es für uns so viel,
den Schauenden zu finden, ihn, der sieht,
der uns zusammenfasst in seinem Schauen
und einfach sagt: Ich sehe das und das,
wo andere nur raten oder lügen.

MONNA LARA
Ja, ja, das ist's. Ein solcher muss es sein,
sonst wird das namenlose Bild zu schwer.

(Kleine Pause)

Dir kommt er heut ...

(Kleine Pause)

Wie aber konntest du's
so lange tragen? Ich vermag's kaum mehr.
Wenn ich mir denke, dass ich noch ein Jahr
herumgehn soll mit unerklärtem Blut,
unausgeruht, – von meinem eignen Haar
hochmütig übersehen wie ein Kind,

allein und blind inmitten meiner Brände,
sogar den Hunden neu und wie versagt,
mir selbst so fremd, dass mich die eignen Hände
anrühren wie die Hände einer Magd ...:
wenn ich ein Jahr noch also leben soll,
so werf ich mich nach diesem einen Jahre
einem Bedienten in den Weg wie toll
und fleh ihn an, dass er mir das erspare.
Wie trugst du das?

DIE WEIßE FÜRSTIN

Mein Blut war übervoll.
Oft rief es laut, dass ich davon erwachte,
mich weinend fand und in die Stille lachte
und in mein Kissen biss, bis es zerriss.
In einer solchen Nacht – ich weiß noch – schmolz
von seines Kreuzes Ebenholz
mein Christus los;
so groß war meine Glut: ...
die Arme offen lag er über mir.

MONNA LARA

Und dennoch war so tiefe Kraft in dir.

DIE WEIßE FÜRSTIN

Das war nicht Kraft. Geiz war es, Habsucht war es,
womit ich alle Gluten jedes Jahres
aufsparte für den späten Hochzeitstag.
Nun ist er da. Mit tausendfachem Schlag
schlägt mir das Herz. Der Wurzeln letzte Süße

ist in mich eingegangen; ich bin reif.
Mein Haupt ist schön, und unter meine leichten Füße
schiebt sich die Erde wie ein Wolkenstreif.
– –
Und morgen darf ich altern.

MONNA LARA
Du bist jung –

DIE WEIße FÜRSTIN (*zärtlich lächelnd*)
Jugend ist nur Erinnerung
an einen, der noch nicht kam.

> (*Sie fasst die Schwester mit beiden
> Händen an den Schultern*)

Auch du wirst sparen für den Bräutigam.
Denn deine Ungeduld ist Übergang.
Lang ist das Leben.

> (*Pause*)

MONNA LARA (*bewundernd*)
Glanz geht von dir aus
und eine Stärke wie von Königinnen.

DIE WEIße FÜRSTIN (*sieht aufgerichtet zurück nach
dem Palast*)

> (*Die Sonne sinkt und spiegelt sich im Haus*)

Nun will ich warten, und dann will ich winken.

MONNA LARA
Winktest du nicht?

DIE WEIßE FÜRSTIN
So hieße das: Uns droht
Gefahr.

MONNA LARA (*mit geschlossenen Augen, traumhaft schmerzlich*)
Er führe wie das frühe Fischerboot
vorüber von dem rechten Rand zum linken.

(*Sie reißt wie in Angst die Augen auf*)

Aber du winkst?!

DIE WEIßE FÜRSTIN (*glücklich*)
Wenn dort das Meer verloht,
so wink ich aufrecht in das Abendrot.
Das Haus ist leer –

MONNA LARA
Still! Waren das nicht Schritte?

DIE WEIßE FÜRSTIN (*horcht einen Augenblick*)
Nein; komm zur Terrasse. Man sieht von der Mitte
so weit ins Meer.

(*Sie gehen, sich umfasst haltend, langsam durch die Plata-nen-Allee. Das Meer atmet langsamer und schwerer. Als die Fürstin einmal stehen bleibt und zurücksieht, sagt*)

MONNA LARA (*wie einen Kindervers*)

Nun kannst du nicht gehen und Linnen verschenken
und Öl und Salbe und Spezerei,
musst an dein eigenes Bette denken,
dass es bereitet und selig sei.

> *(Die weiße Fürstin nickt ernsthaft im Weiter-*
> *gehen. – Ein Stück weiter fasst Monna Lara*
> *die Fürstin an der Hand. Sie bleiben beide stehen,*
> *die Fürstin sieht wieder nach dem Meer)*

MONNA LARA

Glaubst du, kann ich dir dein Lager rüsten
und das Becken in das du dein Antlitz tauchst?
Mir ist, als ob meine Hände wüssten
Alles, was du heute brauchst.

> *(Die Fürstin nickt, und sie gehen wieder*
> *ein Stück weiter; so kommen sie auf die Stufen*
> *der Terrasse und bleiben wieder stehen)*

MONNA LARA (*kniet plötzlich nieder*)

Ich will dich betten. Ich will dir dienen.
Alles Meine ist zu dir treu –

> *(Die weiße Fürstin hebt sie leise empor, fasst ihr*
> *Gesicht mit beiden Händen und sieht hinein)*

DIE WEIßE FÜRSTIN

Deine Augen sind tief und neu.
Ich sehe mein ganzes Glück in ihnen.

(Sie küsst sie auf den Mund. Monna Lara
macht sich schnell los und eilt ins Haus hinein)

(Die Fürstin schreitet jetzt die letzten Stufen
empor, wendet sich und sieht in großem
Erwarten auf das Meer hinaus. –)

(Nach einer Weile erscheint Monna Lara,
einen silbernen Spiegel tragend, den sie,
indem sie niederkniet, der Fürstin vorhält)

(Langsam ordnet die Fürstin ihr schweres Haar)

MONNA LARA *(unter dem Spiegel, leise)*

Jetzt ist er in mir wiedergekommen.
Er hat mich einmal an der Hand genommen.
Jetzt fühl ich es wieder in meiner Hand.
Sieh, so hab ich ihn doch gekannt ...

(Die Fürstin lächelt in den Spiegel hinein, zerstreut hinhö-
rend. Gleich darauf richtet sie sich, ausblickend, auf)

MONNA LARA

Jetzt geht die Sonne ins Meer.

(Sie eilt ins Haus zurück)

(Pause)

Die weiße Fürstin steht jetzt allein, aufrecht und in ge-
spanntem Schauen, auf der Terrasse. Die Villa hinter ihr
wird immer strahlender (als leuchtete ein großes Fest da-
rin) vom Widerschein der sinkenden Sonne. Da erkennt die

Fürstin, nach rechts blickend, etwas Fernes. Sie langt ein-
mal flüchtig nach der Gürteltasche, wie um zum Winken
bereit zu sein. Dann wartet sie. Endlich hört man Ruder-
schläge, die näher kommen. Während die Fürstin der Be-
wegung draußen mit ihrem ganzen Wesen folgt, ist den
Strand entlang von rechts (vom Zuschauer aus gemeint)
ein Frater der Misericordia, die schwarze Maske vor dem
Gesicht, aufgetreten und bis an den Anfang der Allee ge-
gangen. Ihm folgt ein zweiter. Sie sehen beide nach dem
Haus und flüstern miteinander. Jetzt, da die Fürstin mit
einer schnellen Gebärde nach ihrem Tuche greift, rühren
sich beide, und der erste Mönch macht einige rasche Schrit-
te vorwärts. Dann zögert er, wendet sich nach seinem Ge-
führten zurück, steht still. Die weiße Fürstin hat ihn be-
merkt. Von diesem Augenblick an sieht sie nur ihn; ihre
Gestalt erstarrt in Schrecken, sie verliert das Meer aus den
Augen, aus dem Bewusstsein, während jetzt ganz laut die
Ruderschläge von dort, langsam, zögernd, vernehmbar
sind. Die Fürstin macht eine große Anstrengung, den ent-
setzlichen Bann zu brechen und dennoch zu winken. Eine
Weile dauert dieser Kampf. Bei einer ihrer schweren, müh-
samen Bewegungen macht der zweite Bruder ein paar
Schritte, so dass er jetzt fast neben dem ersten in der Allee
steht. – Die Fürstin rührt sich nicht mehr. Die Fronte der
Villa beginnt zu verlöschen. Das Boot muss vorbeigefahren
sein; leiser, ferner und ferner verliert sich der Ruderschlag
in dem schweren Branden des fast nächtlichen Meeres.

Da, als man ihn eben noch unterscheiden kann, wird oben
im Haus der Vorhang von einem der hohen Bogenfenster
fortgerissen, und etwas Helles, Schlankes erscheint, fast

wie die Figur eines Kindes, und winkt. Winkt erst rufend;
hält einen Augenblick ein und winkt dann anders: schwer
und langsam, in zögernden Zügen, wie man zum Abschied
winkt.

Vorhang

Weitere Titel im

EUROPÄISCHEN LITERATURVERLAG

www.elv-verlag.de

Rainer Maria Rilke

Ohne Gegenwart
Ein Drama in zwei Akten

Das Glück der frischvermählten Eheleute Sophie und Ernst wird jäh zerstört, als sich Sophies Schwester aus unerfüllter Liebe zu ihrem Schwager das Leben nimmt. Trauer und Schuldgefühle bestimmen fortan den Alltag der beiden und drohen, auch ihre Existenz zu vernichten.

Das Theaterstück aus dem Jahr 1897 zählt zu den wenigen dramatischen Werken Rainer Maria Rilkes.

1. Aufl. 2012, 76 Seiten, Deutsch, Paperback, 12,90 €

ISBN/EAN: 9783862672851